KB044639

arirang, my love

# 머리에 꽃 이고 아리랑

|

|

|

2014

ㄴㄴ〉〈ㄷㄴ
　ㄴ

머리에 꽃 이고 아리랑
ⓒ 최은진 2014
1판 1쇄 발행 2014년 07월 24일
1판 3쇄 발행 2019년 05월 29일
지은이 | 최은진
펴낸이 | 김민정
편집 | 강윤정 이경록
디자인 | 수류산방(樹流山房)
마케팅 | 정민호 박보람 나해진 최원석 우상욱
온라인마케팅 | 김희숙 김상만 이천희
제작 | 강신은 김동욱 임현식
제작처 | 영신사
펴낸곳 | (주)난다
출판등록 | 2016년 08월 25일 제406-2016-000108호
주소 | 413-120 경기도 파주시 회동길 210
전자우편 | nandatoogo@gmail.com
트위터 | @blackinana
인스타그램 | @nandaisart
문의전화 | 031-955-8865(편집) 031-955-8890(마케팅) 031-955-8855(팩스)

ISBN 978-89-546-2509-8 03810

arirang, **my** love

# 머리에 꽃 이고 아리랑

|

## 트윗쟁이 은진 : 최은진이 쓰고 가려낸 아포리즘 100선
eunjin's twitter aphorism

|

## 풍각쟁이 은진 : 최은진이 새로 부른 근대 가요 13곡
eunjin, the pungakjangi

|

# 머리에 꽃 이고 아리랑
## arirang, my love

1부 † 트윗쟁이 은진 : 최은진이 쓰고 가려낸 아포리즘 100선
eunjin's twitter aphorism

머리에 꽃 이고 아리랑
arirang, my love

머리에 꽃 이고 아리랑
arirang, my love

# 서문


†

몸, 마음, 영혼이 있다면

지성, 감성, 영성의 옷을 입혀

조화롭고 풍요로운 삶을 꿈꾸게 하고 싶다.

머리에 꽃 이고 아리랑, 랄랄라.


†

2014년 7월

최은진

# 1부

eunjin's twitter aphorism

## 트윗쟁이 은진

†

### 최은진이 쓰고 가려낸 아포리즘 100선

머리에 꽃 이고 아리랑
arirang, my love

# 봄

## 1

.

봄은 왜 봄인가

꽃을 들여다보라고 봄인가

너와 내가 마주보라고 봄인가

강가에 그냥 앉아보라고 봄인가

꽃 피는 걸 샘내보라고 봄인가

이런 생각을 떠올려보라고 봄인가

그냥 웃어나 봄

**트윗쟁이 은진의 아포리즘**
eunjin's twitter aphorism

# 묻고 묻기

## 2

.

비가 오나 문을 여니
얼마 전 죽은 새끼 길냥이 어미가
뭣 좀 없수 하는 얼굴이다
없는 것을 알고 돌아서는 그놈 뒤에
너 새끼 없어진 거 아니?
묻는다
묻었겠지 너도
그러니 살겠지

# 누구라도 그러하듯이

## 3

.

쌍십자로(雙十字路)
횡단보도 노선에서
저마다 방향이 다른 사람들

나는 왜 여기 서 있나!

**트윗쟁이 은진의 아포리즘**
eunjin's twitter aphorism

# 8월의 손 시림

## 4

.

오늘도 어김없이 들려오는 매미 울음

소리를 색깔로 칠한다는 게

가능한 일일까마는

잿빛보다는 보랏빛

포도를 뽀독뽀독 씻는다

## 나는야 풍각쟁이야

### 5

.

졸려도, 슬퍼도, 아파도,

다 귀찮다 에라 모르겠다

바닷가로 달려가고 싶어도,

밤이면 어김없이 분칠하고 가면을 쓰는

나는야 피에로 광대라지

트윗쟁이 은진의 아포리즘
eunjin's twitter aphorism

# 아이 시(詩)다

## 6

.

좌우 회전하는 선풍기 소리
바다가 뒤척이며 내는 파도 소리
멀리 어떤 기억이
꿈이었던 듯 꿈이 아니었던 듯……
삶과 죽음은 그래서 샴쌍둥인가

# 리드미컬하게

## 7

.

아이쿠, 하이쿠……

트윗쟁이 은진의 아포리즘
eunjin's twitter aphorism

## 아들에게

### 8

.

인간의 근본을 지키렴

자유로운 영혼을 지니렴

큰 지혜로 단단하게 야물렴

쉽게 깨지지 마렴

무엇보다 건강하렴

욕심 많다 뭐라 마렴

엄마니까

# 장사

9

·

여름에는 얼음이 필요했고

겨울에는 거울이 필요했다

## 엄마의 의무

### 10

.

봉숭아꽃 물들여주던 엄마 생각
첫눈 올 때쯤 손톱 끝에 걸리던
아슬아슬 엄마 마음
부모가 자식에게 남길 유산은
좋은 기억을 갖게 하는 것
평생 그걸 되살리게 만들어주는 일

## 나는 그래요

11

.

이루어지라고
분명 이루어질 거니까
소망이란 말도 생겨났을 거예요

## 체념

### 12

·

나는 시간에 늘 애타하는데
시간은 내게 늘 냉하다
그렇게 상대의 마음이 읽힐 때
정답이라면 순리일 것이다
아는 답인데도 매번 틀리는 건
사람이니까

## 어려운 질문

### 13

·

감나무에 감 알이 자두만하다

자두만큼은 커져야

감이 감으로 보이는구나

채 다 익지 않은 감을

그런데 뭐라고 부르나?

설감? 풋감? 언감?

에이 난감!

## 생일

### 14

.

눈 한 번 깜박했는데 월요일
두 번 감았다 떠보니 한 달
세 번 꿈쩍였더니 일 년이 갔네
누군가 사다준 생크림 케이크
하루가 일 년처럼 긴 유일한 날

**살들아**

15

.

이 복중에

육덕진 이 한몸이

살아 눈뜨고 있는 게

깊은 통증처럼 느껴진다

어쩌란 말이냐

## 세상, 참

### 16

.

오이지 절일 때가 되었나

아, 쩔어요, 쩔어

## 약이다

### 17

·

혼란스런 마음을 다잡기 위해
편안하고 고요하게 쉬어본다
그건 슬픔과 미움의 고리를
끊어진 고무줄처럼 만들어주니까

## 해골도 다 사람이었어

### 18

.

그러던 저러던

눈알 빠진 인형이

애초에 사람이 아니었나

이 말이다

## 가만 가만히

19

.

어둠과 바람이 수작을 부리고 있습니다

안 봐도 다 압니다

귀를 열기 전에

마음을 먼저 열어놨으니까요

## 기다림이라는 연습

### 20

·

가슴을 파고드는 알싸한 바람

귓불은 괜찮은데

여전한 손끝의 시림

꽃의 귀띔이겠지

기다려야 꽃이라는 거겠지

## 뭐하기는

### 21

.

바람은 말이 많고
길 위에 차들은 쌩쌩 달리고
나는, 나는, 나는, 나는,
나는야
술이나 마신다지

트윗쟁이 은진의 아포리즘
eunjin's twitter aphorism

## 비가

22

.

천연덕스럽게 비가 내린다
빗소리를 들을 때 알았다
내 얼굴에 웃음이 사라진 것을

.

## 궁금해요

### 23

.

아무런 일도 없었다는 듯이
5월은 푸르기만 해요
어린이날이라지만
어린이로 돌아가고 싶지 않아요
어버이날을 왜 기념할까요?
죽을 때까지 나는 평생 어버이인데

트윗쟁이 은진의 아포리즘
eunjin's twitter aphorism

## 귀띔

24

·

가지 끝에 감나무 잎이
치마를 펼치듯 비집고 나왔다
파릇하고 여린 초록 불
망울망울 초록 눈동자

# 타고남이겠지

## 25

.

올해도 어김없구나
성미 한번 급하구나
피나 싶더니 가네
집 앞 라일락

트윗쟁이 은진의 아포리즘
eunjin's twitter aphorism

## 좋은 걸 어떡해

### 26

.

생방송에 30분 출연했더니

진행자가 크리스마스란다

봄인데 봄이 왔는데

내 몰골을 들여다보니

머리부터 발끝까지 빨강과 초록

메리 색동입니다

# 모자(母子)

## 27

.

아들을 만나면
이젠 아무것도 묻지 않는다
그냥 내 젖이 깨지게 안아준다
그다음엔 손을 깨문다
아들은 음, 음 하면서
다 안다는 구음(口音)을 낸다
우리는 그러면서
새벽까지 웃는다

트윗쟁이 은진의 아포리즘
eunjin's twitter aphorism

# 희망

## 28

.

가짜가 많다고 투덜거리는 자에게

가짜가 있어야 진짜가 빛난다고 말했다

밤이 깊어질수록 사람도 깊어지면

얼마나 좋을까

깊게 파인 구덩이 안에서

사람 하나 걸어나온다

머리에 달빛을 화관처럼 쓴 채

# 농담

## 29

.

어스름하게 어두워지는 저녁
쇼스타코비치의 피아노 협주곡은
왠지 쥐약을 놓은 방에
홀로 있는 느낌을 준다
휴,
가슴 좀 쓸어내리게 쓸
빗자루 어디 없을까

**트윗쟁이 은진의 아포리즘**
eunjin's twitter aphorism

## 뭐냐고요

### 30

·

창밖으로 땅을 파는 굴착기

다다다 소리가

잘못 찌른 면봉처럼 귀에 박힌다

가스관 교체라고?

도랑이 잘못됐다고?

대체 왜 쑤시지 못해 안달인지

속시원히 한번 묻고 싶다

왜냐고요

## 달걀 껍질을 으깨다 말고

31

·

해야 할 일이 겹겹 쌓이면
모래주머니를 차고 있는 기분이야
내 종아리에 알이 밴 느낌
톡톡 깨서 프라이라도 해 먹으면
새처럼 젓가락 다리라도 되려나

# 터진

## 32

.

귀만 터진 사람 눈만 터진 사람

입만 터진 사람 셋 다 터진 사람

하나도 안 터진 사람

다 터진 사람 터져서 버려진 사람

안 터져서 오므린 사람

쥐어터져야 할 사람 터져도 안 터질 사람

또 뭐 있더라? 있겠지, X발

## 아파도 싸다

33

·

방황하는 청춘들은

오늘밤도 가로등 밑을 서성거리겠지

발로 흙을 모으고 돌을 모으고

눈물을 모으고 이별을 모으겠지

아프라고 세게 좀 아프라고

아파봐야 웃음이 단 것도 알 거라고

# 나름의 달맞이

## 34

.

달이 너무 예뻐서 달만 쳐다보고 싶은데

그럴 수가 없는 관계로다가

달을 훔쳐다 가슴에 구겨넣기로 한다

# 바람 부는 날

## 35

.

서촌재에서 산당화 묶음과 시퍼런 보리를 얻었다

양손에 나눠 쥔 채 살랑살랑 걸었다

머리에 뒤집어쓴 큰 스카프도 팔랑팔랑 그랬다

흘끗흘끗 나를 훔쳐보는 사람들

미친년이면 어때

봄바람아 잘도 왔다

**트윗쟁이 은진의 아포리즘**
eunjin's twitter aphorism

# 오늘

## 36

·

지난 시간을 돌아보는 것은
다시 어떻게 살아갈까를 고민하는 일
어제와 내일이
데칼코마니처럼 접혔다 펼쳐진다
조앤 바에즈(Joan Baez)의 다큐 한 편

# 다행인가 불행인가

## 37

.

북촌의 인파가 성가셔죽겠다
어디로 가세요? 묻는다면
이렇게 답할 작정이었다
그냥 내게로 간다, 라고
눈치가 코치인가
아무도 내게 묻질 않는다

# 비밀

## 38

.

새벽별이 이탈해

내 곁에 와서 누운들

내가 그 얘기를 할 것 같지는 않다

졸렬하니까

# 자화상

## 39

.

내 몸 어딘가에서
문 열리는 소리가 났지
열쇠꾸러미는 누구 손에 있었나
꾹꾹 흙 밟던 여인아
흑흑 자주 울던 여인아

## 돌멩이들

### 40

·

그리고 다시
어둠이 내리는 자리에 앉았습니다
도돌이표처럼

# 밤에 피는 꽃

## 41

.

봄이 오니

밤에도 꽃이 피네

이야기 이야기가 꽃이 꽃처럼

# 깔깔깔

## 42

.

누군가 아프다고 했다
혼자 사셔서 그래요, 했더니
둘이 살아도 아픈 건 왜냐고 반문한다
네, 둘이 살아서 그래요
혼자나 둘이나 존재의 불행
깔깔깔 즐겁기나 합시다요

## 매워

### 43

.

중국은 해마다 우리에게
황사와 미세먼지를 보내주는데
입이나 틀어막아야 하는 우리는,
마스크나 사들여야 하는 우리는,
답례로 뭘 보내줘야 할까나
엿이나 만들어 보낼깝쇼

## 암요

44

.

싸워서 이길 거라곤 자신뿐인걸요

# 이런 정의

## 45

.

별 볼 일 없다고 토라진 별을
밤바람이 데려다
내 이마에 가만히 내려놓는다
요런 게 바로 별꼴이구나

**트윗쟁이 은진의 아포리즘**
eunjin's twitter aphorism

## 슬픔을 어떻게 걷어낼까요?

### 46

·

청와대 길을 걸었습니다

또다시 생각해보지만 방법이 없습니다

서로 다독일 수밖에요

주어진 일에 최선을 다할 수밖에요

## 엄마도 자라야 한다

47

.

다섯 살 때 동네 친구에게

참이슬이나 하자고 너스레 떨던 아들이

아르바이트로 150만원이나 벌었단다

그렇게 컸단다

내게 용돈으로 40만원이나 준단다

그새 내 마음도 그만큼 컸을까

# 화두

## 48

.

밤이 차다 찼다

찬 밤에 갑자기 죽은 사람에 대해

수군거리기 시작했다

저마다 목적을 어디에 두고 살까나

커튼을 비집고 가느다란 한 줄기 빛이

이렇게 묻는 것이었다

## 자위의 또다른 방법

### 49

.

고려시대 문인 이규보는

자신을 위로하는 편지를

천상에서 부쳐온 것처럼

자신에게 썼다

부처님 오신 날을 맞이하여

부처님이 내게 보내는 편지를

나에게로 부쳐야겠다

부처……

트윗쟁이 은진의 아포리즘
eunjin's twitter aphorism

## 징하다 장하다

### 50

.

저 햇살 아래 저 나무 아래

저 가지 아래 저, 저,

연두색 잎이 꽤 반질도 하다

누군가 참기름 참 잘도 발랐다

매끈하기도 하여라

## 사는 기쁨

### 51

.

누구랄 것도 없다

만정(萬精)을 가진 여인이 보낸 떡이

차진 쑥떡이어서 차지게 좋았다

그야말로 쑥떡거리며 잡순다

# 하물며

## 52

.

하늘을 올려다보니
어제 깎은 손톱이 박혀 있다
거기까지 튀었나
다음부터는 신문지 곱게 펴서
딱딱 소리나게 깎고
착착 소리나게 접어야지

064
**머리에 꽃 이고 아리랑**
arirang, my love

# 공갈빵

## 53

.

부풀대로 부풀었으나 속이 비었구나

공갈이냐 빵이냐

맛 좋으면 그만인 세상에서

이 트릭, 제법 쓸 만한 기교 같구나

**트윗쟁이 은진의 아포리즘**
eunjin's twitter aphorism

# 그럽시다

## 54

.

하마터면 밟을 뻔한

그러다 툭 밟아버린 노란 민들레

어떻게 생긴 생명인데

어떻게 자란 생명인데

가녀린 건 밟지 맙시다

## 어쩔 수 없는 병

### 55

·

인적 끊긴 밤

비마저 내리는데

어쩌란 말이냐

신경줄이 비 없은 전깃줄 같은데

예민해서 죄송합니다

다정해서 미안합니다

## 나도 잘은 몰라요

56

·

문 두드리며 찾아온 한 아이가

삶을 아파한다

방법이 뭐 있나요?

살면서 살피는 것밖에

한 살이라도 더 잡순 내가

할 수 있는 말

더는 할 수 없는 말

## 약속은 야속

57

·

굳게 다짐해놓고

약속 안 지키는 사람들

무지 많다는 걸 자주 느끼시죠?

약속이란 놈의 본명은

아무래도 야속 같아요

야속한 약속

트윗쟁이 은진의 아포리즘
eunjin's twitter aphorism

## 내가 그랬다

58
·

스튜디오에 녹음하러 왔다가
자식 또래의 요즘 애들에게
여자친구 선물로 뭘 사냐고 했더니
신발을 사준다 한다
헌 신으로 사줘라
그래야 안 도망가고
헌신적이 될 거 아니냐

## 건강해지는 습관

### 59

.

읽고 싶었던 책을
하루종일 갖고 논다
달지 않아 몸에 좋은 사탕을
하루종일 빨고 있는 기분이다
양볼이 자주 울룩불룩해진다
웃음 하나로 보자면 큰 부자다

트윗쟁이 은진의 아포리즘
eunjin's twitter aphorism

# 진심

## 60

.

진실만이 자신을 지켜줄 것이다
비 떨어지는 속도와
내 심장 뛰는 소리가 일치하듯

# 묻고 볼 일입니다

## 61

.

어김없이 해는 떴다 집니다

자연의 일부일 뿐

우리라고 다를 게 없겠지요

평생토록 할 일이 하나 있습니다

어디서 왔다 어디로 가는지

평생토록 물어야 한다는 일입지요

## 동심

### 62

·

내가 무엇을 받을까 하는 일에는
하품만 납니다
내가 무엇을 해줄까 하는 일에는
웃음만 납니다

# 성탄

63

.

불을 죄다 꺼달라고 했다

촛불을 켰다

창밖으로

숨어 있던 눈보라와

푹푹 쌓인 눈이 드러났다

메리 크리스마스!

**맴맴**

64
.

그리움이 산을 넘을 때
제비는 가로질렀고
까치는 까악 깍 제자리에서

# 단추도 만만찮아요

## 65

.

따끈한 목욕물에 몸을 담그면

비로소 천국이 보인다

사는 게 뭐 별일인가

잘 잠그고 잘 푸는 일이라지

단추 하나 풀었다

단추 하나 잠그는 일이라지

**트윗쟁이 은진의 아포리즘**
eunjin's twitter aphorism

# 봐도 못 본 척

## 66

.

태양이 포구를 문지를 때

배들이 갸우뚱했다

무슨 영문인지 아는 건

갈매기들뿐

딴청 피우듯

새우깡이나 물고 나는

음흉스런 새 좀 봐

# 꿈 깨

## 67

.

뒤를 보이며 가는 이의 뒤통수에 대고

오만방자하지 말라고 했다

그는 알아듣는 것 같았지만

그런 척일 수도 있으리라

내 맘이 네 맘 같기라니

나 욕심 한번 제대로 잡수셨네

**트윗쟁이 은진의 아포리즘**
eunjin's twitter aphorism

# 단단한

## 68

·

아침부터 유난히 새들이 짖어댄다
입을 다물어야겠다고 결심했다

## 외로움

### 69

.

하얀 나비가 날아간다

몸을 줄이고 또 줄여

나비의 등에 업히고 싶다

그렇게 날고 싶다

그러다 닿고 싶다

나도 모르는 곳에

너도 모르는 곳에

처음 살이 살에 닿던 기분을

다시 느끼고 싶다

트윗쟁이 은진의 아포리즘
eunjin's twitter aphorism

# 천성

## 70

.

어쩌다 지하철을 탔을 때
뜻하지 않게 연민이 생기는 사람을
만나게도 된다
어디서 왔을까 이 마음,
누구든 품어낼 작심 같은 것
난 왜 이렇게 생겨먹었을까

## 연연

71

.

연 날리던 시절이 있었다

잔뜩 감았다 풀어야

더 멀리 날고 더 높이 뜨던

그 연

인연

## 다 그렇단 얘기는 아니에요

72

.

내가 싫어하는 정치인은

이런 사람이에요

가게에 있는 옷 죄다 갈아입어보고

쌩까듯이 그냥 나가버리는 손님

그렇게 재수없는 사람

예술은 안 그러거든요

예술은 뻔뻔할 수가 없거든요

정치를 예술적으로 좀 하란 말이에요

# 요령부득

## 73

.

가마니 깔고 누워보세요

가만히 있어보세요

박동에 맞춰 터지는 새들의 소리

박동에 맞춰 터지는 나무의 호흡

얼마나 좋은지 몰라요

가마니가 천사일까요

가만히가 천국일까요

가만히 가마니 깔고 누워보세요

## 앵무새처럼

### 74

.

새벽에 찾아온 어느 음반사 직원들이
새로운 프로젝트를 구상하고 있단다
음악도 듣고 얘기도 나누다 내게 묻는다
어떻게 이런 노래를 하게 됐나요?
내 자리가 여기고
내가 해야 할 일을 알기 때문이에요

# 뒷북

75

·

점포를 운영하는 후배 부부

이름이 인해와 인식이다

작명을 권할 걸 그랬나

인식을 인산으로 바꿔줄 걸 그랬나

인산인해

이제 와서 무릎을 친다

# 별

## 76

·

우리 인간들 별 참 좋아하지
우리 인간들 별의 유전자로 가득찼지
한평생 제 몸의 별은 몰라보고
멀리 있는 별만 좋지
우리 인간들 어떻게 설명할 수 있을까
별안간 별 볼 일이야

# 먼

## 77

.

얼굴 하나가 떠오른다

북촌에 뜬 달처럼 차가운 여자

여자의 질문에 주절주절 답하는 건

먼 별을 만지는 것만큼 어렵다

추운 겨울이 더운 여름이 될 수 없는 것처럼

어쩔 수 없는 일

안 되는 일

**트윗쟁이 은진의 아포리즘**
eunjin's twitter aphorism

# 허기

## 78

·

태양을 등에 걸고 걸었더니
내가 사각 프라이팬이 된 듯하다
계란말이 하면 딱 좋겠다
널찍한 내 등짝

# 내력

## 79

·

툴툴거리는 빗소리와

씩씩거리는 냉장고 소리

목욕탕에서 때수건으로 얼굴을 문질러 닦던

할머니 생각

할머니, 그러면 얼굴에 딱지 앉아요

우린 그걸 검버섯이라 부르지

# 팔자

## 80

.

나는 이상하게도 빈 도시

그러니까 새벽녘

헐렁한 빈 거리가 좋으니

어쩌란 말입니까

오늘도 그랬단 말입니다

# 속상한 날
## 81

·

오랜만에 만난 그녀

잘 못 사나보다

그렇지 않고서야 양손 가득

그 무거운 장바구니를 들고

열 발가락이 다 부풀도록 걸어야 했을까

택시는 뒀다 뭐한다니?

내 속에서 한바탕 장맛비가 쏟아진다

**트윗쟁이 은진의 아포리즘**
eunjin's twitter aphorism

# 당당

82

.

면식이 있는 손님이라 반가워했는데

아니었다 고친 얼굴이 누군가와

꼭 닮았을 뿐 딱 판박이였을 뿐

나이 들어 심하게 갈아엎은 얼굴들은

누구라도 막론하고 자매들 같아

저마다의 사정이야 있겠지만

나도 사는데,

# 글쎄요

## 83

.

자살예방행동포럼 발기인 모임에 왔어요

생명은 소중한데

그들을 위해 무슨 일을 할 수 있나

참으로 어려운 고민을 합니다

우리는 무엇을 해야 하고

무엇을 할 수 있을까요

# 부러우면 끼시든가

## 84

.

매년 햇채소가 나오는 계절
햇감자와 햇양파를 넣고 카레를 끓인다
동네 친구들을 부른다
카레와 안 어울릴 것 같지만
김치찌개, 코다리 반건조 조린 것,
이렇게 우리가 좋아하는 것만 차린다
내 식탁이고 우리 맘이니까

## 하나 사줄까?

85

.

여름인데 가을이다

무릎에 살짝 통증이 온다

시선이 자꾸 어딘가로 향한다

초점이 빗겨간다

산다는 건

길지도 짧지도 않은 어떤 게 분명해

내 머리에 감은

터번 길이와 흡사하다고나 할까

**트윗쟁이 은진의 아포리즘**
eunjin's twitter aphorism

## 사이좋게

### 86

.

어젯밤,
일방적으로 달리는 기차에서
일방적으로 지껄이는 사람을 봤다
새소리가 똘똘한 아침
고기 없는 저울을 꺼낸다

## 창문 보듯 거울 보듯

### 87

.

집 앞 감나무 잎이 손톱만하더니
어느새 콩알만한 열매들이
가지마다 맺혀 이를 반짝인다
어딜 가나 이가 건강해야 복이구나
칫솔질이나 씩씩하게 해대는 아침

**트윗쟁이 은진의 아포리즘**
eunjin's twitter aphorism

# 소원

## 88

·

바야흐로 귀뚜라미도 울기 시작합니다
귀뚤귀뚤귀뚤……
귀 뚫어져라 귀 뚫어지기 전에
들어다오 제발

# 순정

## 89

.

단물 다 빠지도록 껌 씹어봤자

턱주가리만 아프지요

곱씹고 곱씹을수록 아픈 건

사람의 마음일 테고요

그래도 가을 호수에 서면요,

초록색 조각배라도 접어 타고 싶어요

싱싱한 마음만 골라 태우고 싶어요

**트윗쟁이 은진의 아포리즘**
eunjin's twitter aphorism

## 여름 새벽

### 90

·

아들이 일곱 살 때
매미가 어떻게 소리내니? 하자
우주라기야 우주라기야 여지 여지 여지
이런다고 해서 놀란 적이 있다

## 노래합니다

91

.

손과 입이 악기를 다루는 것 같지만
실은 몸이 하는 거죠
내 몸을 보세요 내 몸 내 몸
뱅글뱅글 잘도 돌아가는 소리 울림통

트윗쟁이 은진의 아포리즘
eunjin's twitter aphorism

# 궁금합니다

92

.

잠자리 다섯 마리가 비행을 합니다
잠자리의 잠자리는 어디일까요?

## 그렇습니다

93

.

비는 왜 비라고 했나
뚝이라고 해도 됐을 텐데
뚝이 뚝뚝 떨어진다고 해야
비 무서운 걸 좀 알았을 텐데

## 씰룩씰룩

### 94

.

북촌의 밤을 쿵쿵거리며 다녔네

비린내 섞인 음식 냄새로

골목마다 고양이 코 씰룩였다네

돌아오는 길목에서

한 무리의 남녀 담배 문 채

씰룩씰룩

엉덩이를 얘기하는 게 아니라오

머리에 꽃 이고 아리랑
arirang, my love

## 내려두기

95

.

비 내리고

기온 내리고

술 내리고

모두 내리 앉아 있고

가만, 뭘 더 내릴까나

# 식목일이면

## 96

·

엄마와 꽃씨를 뿌렸지

온갖 꽃들 사이

저녁에 피는 분꽃이 좋았지

분꽃을 보며 우리는 수제비를 먹었지

씨가 토끼똥 닮았다며 깔깔댔지

손으로 터트리면 하얀 가루가 있어서

분꽃이라 했던가

옛 여인들의 얼굴에 바르던 파우더가

그래서 분이라 했던가

엄마 보고 싶어요

# 아리랑

97

.

불 끄고 누운 새벽

안과 밖이 적막하다

오늘을 잘 넘겼어

오늘이 잘 넘어갔어

그래 이게 고개고 아리랑이지

우리 모두 넘어서 가는 아리랑이지

**트윗쟁이 은진의 아포리즘**
eunjin's twitter aphorism

# 기도

98

.

아무도 없는 곳에
아무것도 바라지 않고 앉아 있다
낯을 간질이는 바람뿐
그저 바람처럼 알게 하소서

## 자연의 이름

### 99

.

구름은 모였다가 흩어지고

새들은 부지런히 먹이를 나르고

햇살 조용히 내려앉은

평화스런 아침

오늘은 한글날입니다

# 늦여름

## 100

.

절박하게 우는 매미
사연 없는 가사
곡절 없는 멜로디가 없듯
알면서 견딥니다
노래나 노래하면서
그래야 살아지니까

2부

eunjin, the pungakjangi

풍각쟁이 은진

✝

풍각쟁이 은진 : 최은진이 새로 부른 근대 가요 13곡
eunjin, the pungakjangi

**머리에 꽃 이고 아리랑**
arirang, my love

2 부

†

최은진이 새로 부른 근대 가요 13곡

풍각쟁이 은진 : 최은진이 새로 부른 근대 가요 13곡
eunjin, the pungakjangi

†

# 은진을 만나다

—

## 풍각쟁이 그녀, 서민 애환 담긴 만요 복원에 인생을 걸다

—

### 김문
서울신문 선임기자

†

왕년의 노래 한 곡을 잠시 음미해본다. "오빠는 풍각쟁이야이 뭐/ 오빠는 심술쟁이야 뭐/ 난 몰라이 난 몰라이/ 내 반찬 다 뺏어 먹는 건 난 몰라/ 불고기 떡볶이는 혼자만 먹구/ 오이지 콩나물만 나한테 주구/ 오빠는 욕심쟁이/ 오빠는 심술쟁이/ 오빠는 깍쟁이야"

†

1938년 처음 발표된 〈오빠는 풍각쟁이〉에 나온다. 가수 박향림이 불렀다. 간드러진 콧소리와 가사의 내용이 절묘하게 조화를 이루며 당시 많은 사랑을 받았다. 이 노래는 2004년 개봉돼 1,174만 명의 관객을 동원한 영화 〈태극기 휘날리며〉의 초반부에 배경음악으로 깔리면서 대중에게 다시 알려졌다. 여기에서 궁금증 하나가 생긴다. '오빠'는 과연 누굴까. 1930년대의 여학생들은 장래 남편감으로 의사나 상인이 아닌 회사에 다니는 '샐러리맨 오빠'를 가장 선호했다고 한다. 시간만 나면 명동극장(당시 명치좌)으로 공연을 보러 다니고 술집도 마음대로 다니면서 불고기, 떡볶이 등 고급 음식을 맘껏 먹고 다녔으니 그럴

만도 했으리라. 이 노래 3절 가사에 샐러리맨 오빠에 대한 얘기가 잠깐 언급된다. "날마다 회사에선 지각만 하구/ 월급만 안 오른다구 짜증만 내구/ 오빠는 짜증쟁이/ 오빠는 모주쟁이/ 오빠는 대포쟁이야" 샐러리맨 오빠를 바라보면서 사랑과 투정을 부리는 대목이다. 당시에도 오빠부대를 쫓아다니는 여성 팬들이 많았나보다.

✝

풍각쟁이는 원래 악기를 들고 사람이 많은 곳이나 시장터를 찾아다니는, 즉 떠돌이 인생을 말하지만 인생의 희로애락을 노래로 풀어내는 광대라는 뜻도 있다. 일제강점기 때의 암울한 세상에서 세태를 풍자하고 희화한 만담(漫談)이 생겨났고 동시에 이를 노래로 만든 만요(漫謠)가 유행했다. 이 가운데 히트를 쳤던 대표적 만요가 〈오빠는 풍각쟁이〉를 비롯해 〈신접살이 풍경〉 〈엉터리 대학생〉 〈다방의 푸른 꿈〉 〈화류춘몽〉 〈아리랑 낭낭〉 〈연락선은 떠난다〉 등이다. 이러한 1930년대 대중음악 개화기 때의 노래들이 80년 세월을 머금고 요즘 다시 한번 등장해 인기를 모으고 있다.

✝

**머리에 꽃 이고 아리랑**
arirang, my love

2010년 5월 8일 저녁이었다. 서울 홍대 앞 상상마당 라이브홀에서는 흔치 않은 무대가 펼쳐졌다. 보통 때 같았으면 젊은이들이 인디밴드의 음악에 맞춰 신나게 춤을 출 텐데 이날만큼은 낯설게도 〈오빠는 풍각쟁이〉와 〈엉터리 대학생〉 등의 음악에 맞춰 박수 치며 노래를 흥겹게 따라 부르며 환호했다. 무대 위에서는 어린아이에서 아가씨의 목소리, 중년의 살롱 가수 같은 고혹적인 음색을 가진 여성이 분위기를 사로잡았다. 연주는 '기타리스트 하찌와 악단들'이 맡아 클라리넷과 바이올린, 아코디언을 적절하게 섞어가며 과거와 현대를 넘나들었다. 이날 무대는 〈풍각쟁이 은진, 새로 부른 근대 가요 13곡〉 기념 앨범 발매 쇼케이스 자리였다. 이후 소문이 번지면서 여러 차례 공연이 이루어졌다.

✝

풍각쟁이 가수 최은진씨는 젊은이들 사이에 그렇게 등장했다. 이에 앞서 2008년 11월 두산아트센터 기획콘서트 '천변풍경 1930'에 가수 이상은, 강산에 등과 함께 출연해 흑백영화의 성우처럼 특유의 교태와 아양으로 만요를 불러 관객들의 애간장을 녹이기도 했다.

†

2014년 2월 26일 서울 종로구 안국동에 있는 작은 문화 공간 '아리랑'에서 최씨를 만났다. 2003년 '아리랑' 음반을 내고 나서 1930년대의 만요를 본격적으로 찾기 위해 마련한 공간이다. 창문 입구에는 '은진이는 풍각쟁이' 등 그동안 공연했던 여러 포스터들이 붙어 있었다. 안에는 고풍스러운 해골 마이크가 손님을 반기듯 홀로 우뚝 드러나 있었다. '어떻게 이곳에 자리를 잡았을까' 궁금해하자 그는 "(건너편에 있는 헌법재판소 정원을 가리키며) 목련과 산수화를 볼 수 있고 새소리를 들을 수 있으며 뻥 뚫린 하늘을 바라볼 수 있다. 이 집에서 일어났던 일들을 기억하는 까치도 함께 있다. 하늘, 달과 별 등 모든 자연이 맑고 순수하다"며 웃는다.

†

"처음에는 1930년대 목소리를 가진 여자가 있다며 알음알음 소문을 듣고 사람들이 찾아왔습니다. 그러다가 〈풍각쟁이 은진〉 앨범 이후 많이 알려졌습니다. 화가, 사진작가, 패션디자이너, 요리 연구가, 영화 관계자 등 문화 예술을 알고 사랑하는 사람들이 많이 오지요. 그들이 오면

자연스럽게 해골 마이크를 붙잡고 질펀하게 풍각쟁이 노래를 들려줍니다."

†

풍각쟁이가 부르는 만요의 바탕에는 재즈도 있고 엔카도 있다고 설명한다. 예를 들어 "우리 옆집 대학생 호떡 주사 대학생은/ 십 년이 넘어도 졸업장은 캄캄해"로 시작되는 〈엉터리 대학생〉은 스윙재즈에다 엔카의 형식을 띠고 있다는 것이다. 또한 대부분의 만요는 세태를 풍자하고 희화한 노래로 얼핏 보면 가사가 엉터리 같지만 참으로 맑고 순수하다는 것을 느낄 수 있다고 설명한다. 그러면서 시대의 아픔이 잘 녹아들어 있다고 강조한다.

†

"1930년대는 시인들이 가사를 써서 한국적인 정서로 음악을 만들던 시기였지요. 고향, 꽃 피고 새 우는 것을 노래하고 가슴에도 꽃이 핀다는 것을 노래하던 시절이었습니다. 현대적인 편곡보다 당시의 분위기를 최대한 복원하려고 노력했습니다. 다행히 이런 노력에 공감해주는 젊은 이들이 많아 고맙지요. 그동안 하나의 음악 장르로 대접받지 못했던 만요가 당시 민초들의 애환을 엿볼 수 있는 자산으로 평가되길 바라는 마음에서 노래를 부르기 시작했습니다."

†

그가 만요 되살리기에 앞장선 계기는 2000년 어느 날 재즈음악을 공부하기 위해 뉴욕으로 떠날 채비를 하던 중이었다. 그런데 갑자기 아리랑협회에서 최씨에게 아리랑과 관련된 자료를 건네주면서 '나운규 탄생 100주년'을 앞두고 '아리랑 노래에 대해 뭔가 할 일이 있을 것'이라며 여러 가지 주문을 했다. 아리랑이 운명처럼 가슴에 다가왔다는 것을 느낀 그는 뉴욕행을 포기하고 아리랑을 다시 찾는 일에 몰두했다. 서울 종로구 삼청동 재즈카페에서 '개발새발 아리랑'이라는 노래와 연극을 합친 1인극을 무대에 올리기도 했다. 또한 일제강점기 때 우리나라에서 불린 각종 아리랑을 복원해 '아리랑 소리꾼 최은진의 다시 찾은 아리랑'이라는 음반을 냈다. 그러면서 자연스럽게 1930년대의 노래를 접하면서 '만요 복원'이라는 사명을 스스로에게 부여하게 됐다.

†

이쯤 해서 그의 인생 내력을 알아보자. 인천에서 자란 그는 어릴 때부터 이미자의 노래는 죄다 불러 동네 사람들의 인기를 독차지했다. 초등학교 4학년 때였다. 하루는 학교를 가는데 동인천역 옆 한 전파사 스피커에서 나오는 노래를 듣고 꼼짝할 수 없었다. 사이먼 앤 가펑클의 〈사운드 오브 사일런스〉였다. '아, 나도 가수가 될 거야'라고 다짐했다. 그는 당시를 회고하면서 "만약 학교에 안 들어가 음악을 계속했더라면 천재 소리를 들었을 것이다. 지난번에 낸 만요 음반도 누구한테 배워보지 않고 혼자 흥이 나는 대로 저절로 불렀다"고 말한다.

†

고등학교를 졸업하고 잠시 인천의 한 연극단에서 창단 멤버로 활동하다가 신학대학에 들어갔다. 고교생 때 잠시 빠져들었던 신앙을 체계적으로 공부하기 위해서였다. 하지만 중도에 그만두고 다시 연극 무대에 섰다. 〈방자전〉 〈약장수〉 등에 출연했고 노래 〈광화문 부르스〉를 불러 주목을 끌었다. 서른 살 무렵, 연희단거리패에서 무대에 올린 연극 〈오구〉와 〈산씻김〉, 그리고 '아시아 1인 연극제' 등에서 연기를 했으며 그림자극과 인형극에서 장구를 치기도 했다. 특히 〈오구〉와 〈산씻김〉으로 도쿄 연극제 무대에 오르기도 했다. 연극판에서 '잘나간다'는 애기를 들을 무렵 결혼을 했다. 애를 낳고 살림을 하다가 다시 무대로 나온 것이 마흔 되던 해였다. 1999년 한 케이블 TV 방송에서 성대모사를 하는 '슈퍼 보이스 탤런트 대회'가 열렸다. 그는 신문광고를 보고 출전해 가수 양희은, 뽀빠이, 아동 TV극 〈꼬꼬마 텔레토비〉의 보라돌이 등을 그럴듯하게 흉내를 내 우수상을 받았다. 대상 수상자는 배칠수였고 사회는 임성훈씨가 맡았다.

†

이후 그는 자유로운 영혼이 됐다. 재즈와 아리랑에 심취하고 음악사적으로 묻힌 만요를 끄집어내는 작업을 벌여나갔다. 환경운동에도 관심이 많은 그는 2001년 4개월 동안 주변에서 모은 일회용품 쓰레기를 명성황후의 커다란 비녀에 매달아 서울에 있는 국립민속박물관에서 환경 퍼포먼스를 펼치기도 했다.

†

그는 인터뷰를 하는 동안 노래면 노래, 영화면 영화, 책이면 책 등 문화에 대한 애기를 흥미롭게 풀어나갔다. 이에 대해 "1년에 영화 70~80편을 보고 음악을 많이 듣고 고전을 좋아한다"고 말한다. 앞으로의 계획을 물었다. "인생은 한 번 왔다 가는 것입니다. 제대로 먹고 마시고 잘 놀아야 하지 않겠습니까. 뭐든지 제대로 하고 제대로 보여주자는 것입니다. 문화 살롱을 여러 곳에 만들어 인생의 희로애락이 담겨진 만요를 부르며 좋은 사람들과 함께 질펀한 인생을 살아보는 것이지요."

†

"만요는 나의 인생이고, 정체성"이라고 거듭 강조한다.

†

머리에 꽃 이고 아리랑
arirang, my love

†

아리랑 가수로 알려진 최은진. 그녀는 노래를 부르는 한 가지 탤런트만 가진 게 아니라 다양한 재능과 잠재력의 소유자이기도 하다. 그녀는 마치 수행을 하듯 고단한 하루를 보내곤 하는데, 그 바쁜 와중에도 많은 사람들의 마음을 어루만져주곤 한다. 마치 다친 동물을 치료해주듯 많은 사람들이 그녀의 '아리랑'에 와 치유를 받는다. 심리상담자이자 철학자이자 예술가이자 카페의 여주인. 그녀의 얼굴이 이렇게 여럿인 것을 아는 이는 많지 않다. 황진이나 카비르나 이태백처럼 이 세상에 화현하여 사람들을 위로해주고 가는 동정심 많은 아바타랄까. 그녀가 현대의 기기인 휴대폰을 가지고 트위터에 써나간 아포리즘을 읽었다. 선시(禪詩)나 하이쿠 같은 날카로운 지혜와 기지가 빛났다. 바쁘고 힘들게 살아가는 이 시대의 많은 사람들에게 큰 도움이 되었으면 한다.

†

**박지명**

산스크리트문화원 히말라야 명상센터 원장

**은진을 말하다**
eunjin, the pungakjangi

128
머리에 꽃 이고 아리랑
arirang, my love

†

그녀의 목소리에는 오감이 있다.

오감 중에서도 봄의 오감.

봄 중에서도 남쪽 바다의 봄이다.

군침이 돌고 아지랑이가 핀다.

씀바귀처럼 씁쌀한가 하면 어느새 단맛이 감돈다.

그녀의 노래는 먼 데서 온 첫사랑의 입맞춤이다.

†

**천운영**

소설가

**은진을 말하다**
eunjin, the pungakjangi

머리에 꽃 이고 아리랑
arirang, my love

†

웃어라 은진
초승달 틈새만큼
딱 그만큼만
갈 곳 없는 영혼들
그만큼만
걷어라

†

**정관용**
방송인

132
머리에 꽃 이고 아리랑
arirang, my love

†

그녀의 음악은 서글프면서도 재미있고,

고전적이면서도 트렌디하고,

감상적이면서도 감각적이다.

그녀는 노래를 잘 부르는 가수가 아니라

노래를 타고난 가수임에 틀림없다.

어디서 숨어 있다 이제야 나타났느냐고 화내고 싶을 만큼.


프랑스에 에디트 피아프가 있고

미국에 엘라 피츠제럴드가 있다면

한국엔 최은진이 있다는 사실이

참 자랑스럽다.

†

**조진국**

작가

**은진을 말하다**
eunjin, the pungakjangi

머리에 꽃 이고 아리랑
arirang, my love

우리가 처음 만난 건 20년 전, 수유리 4·19탑 근처에 위치한 내 작업실에 그녀가 방문하면서부터다. 둘 다 30대 초반이었고, 갓 돌 지난 아이를 둔 초보 엄마였고, 무엇보다 예술에 대한 열정이 뜨겁다는 공통점이 우리를 빠른 시간 안에 친구로 만들어주었다. 그러나 예술쟁이로 살겠다는 두 여자에게 세월은 평탄하게 지나가는 바람이 아니었다. 인생의 혹독한 담금질은 계속됐고, 친구로 그런 시간을 오래 지켜봐주게 됐던 것 같다. 작업이 잘 안 풀리거나 복잡한 심사일 때 나는 어리광을 부리러 '아리랑'에 간다. 너 이렇게 힘들었구나. 무슨 말이든 다 들어주고 함께 울어주는 그녀. 측은지심을 행하는 사람인 것이다. 그녀 특유의 웃음 치유 능력은 불가항력이다. 스트레스 만빵인 날엔 병원에 가지 말고 '아리랑'에 가보시라. 당신의 배꼽을 탁자 아래서 찾는 수고를 기꺼이 하게 될 것이다.

†

## 이은

화가

†

# 역사를 이루는 작은 톱니

김진묵
음악평론가

보랏빛 담배 연기 자욱한 곳, 〈자연장(紫煙莊)〉은 서대문 김구 선생 자택인 경교장 근처에 있던 다방이다. 일제 강점기, 지식인들이 모여 문학과 예술을 논하던 곳이다. 당시 나라 잃은 슬픔은 퇴폐주의를 낳았다. 퇴폐주의는 탐미주의와 어울려 지식인들에게 묘한 서구적 멜랑콜리를 안겨 주었다. 〈자연장〉은 그 중심지였다. 언젠가 원로 평론가 박용구 선생으로부터 〈자연장〉에 대한 이야기를 들었다. 그러나 지금 선생의 말씀은 기억에 없다. 다만 선생께서 말씀하시던 〈자연장〉의 분위기만 뇌리에 남아 있다. 나는 최은진의 이 앨범을 들으며 가보지도 못한 〈자연장〉을 떠올렸다. 지난 세기 전반(前半)의 색 바랜 흑백 사진 같은 묘한 톤이 앨범에 흐르고 있었기 때문이다.

은진의 앨범을 말하다
eunjin, the pungakjangi

†

앨범에 담긴 1940년대 이난영의 인기곡 〈다방의 푸른 꿈〉
은 '내뿜는 담배 연기 속에'로 시작한다. 그래서 '자연장'
의 이미지가 오버랩된 것일까. 만요(漫謠, 코믹한 내용의
노래)인 〈오빠는 풍각쟁이〉는 이난영의 남편인 김해송 곡
으로 박향림이 1938년 '콜럼비아'에서 출반했다. 〈엉터리
대학생〉 역시 김해송 곡으로 당시 많은 사랑을 받았다. 다
른 수록곡 역시 옛 가요를 공부하다가 만난 곡들이다. 근
대적 사고와 전통적 사고가 부딪치던 그 시대의 노래에는
서구적 영향과 전통적 가치가 공존한다. 외세와 전통적
가치라는 두 개의 상반된 문화가 당시 대중음악에서 만
나 이종교배(異種交配)가 이루어진 것이다. 우리 옛 가요
는 내가 클래식, 록, 재즈, 국악, 인도 음악, 아랍 음악, 베
트남 음악에서 태교 음악과 명상 음악까지 섭렵하고 나서
만난 음악이다. 놀랍게도 나는 지금까지 내가 만났던 세
상의 모든 음악에는 존재하지 않는 득유의 매력을 발견했
다. 그래서 옛 가요는 내게 아주 각별하다.

✝

미국에는 지금도 뉴올리언스 재즈를 전하는 이가 있고, 1930년대 스윙을 전문으로 연주하는 밴드가 있다. 클래식 분야에서도 바로크, 고전을 아직도 연주한다. 그러나 우리 가요에서는 이런 현상을 볼 수 없다. 원로 가수가 세상을 떠나고 나면 그걸로 끝이다. 대중 문화의 심지가 깊지 않은 까닭이다. 오래된 것들이 잊힌다는 것은 한국 문화사의 큰 손실이다. 20세기 초반이라는 시대적 배경과 한반도라는 지형이 낳은 음악적 특성, 그 속에는 몹시도 아팠던 우리 근세사의 퇴폐적 미학과 탐미적 뉘앙스 같은 것이 들어 있다. 여기서 말하는 퇴폐란 음란성이 아니다. 그것은 '희망 없음'이라는 시대적 공감대였다. 역설적이게도 이것은 아주 소중한 민족의 문화 자산이 되었다.

은진의 앨범을 말하다
eunjin, the pungakjangi

†

역사의 수레바퀴는 크다. 작은 사건의 톱니가 서로 어울리고 맞물려 돌아간다. 작은 사건들이 쌓여 큰 사건이 되고 이것이 해소되고 다시 작은 사건들이 지속된다. 무수한 오늘이 더해지며 역사가 되는 것이다. 나이가 들면 무수한 오늘을 경험했기에 역사의 변화를 감지하게 된다. 내 경우 신문 기사와 텔레비전 뉴스에서 역사의 변화를 읽는다. 불과 얼마 전까지 중국은 가난한 나라였고, 일본 전자 제품이 세계를 뒤덮었다. 지금은 중국이 세계를 호령하고, 우리 공산품이 세계 시장을 점령했다. 미국과 전쟁을 한 일본이 밀월 관계를 맺더니 지금은 다시 반목하고 있다. 지난겨울은 전 지구적으로 많은 눈이 내렸다.

**머리에 꽃 이고 아리랑**
arirang, my love

†

변화는 항상 빠르다. 그리고 반드시 징후가 있다. 음반 해
설에 거창하게 역사를 들먹이는 것이 좀 쑥스럽지만 작은
톱니가 역사를 이룬다고 이미 썼다. 음반 한 장 한 장이
쌓여 음악사를 이룬다. 최은진의 작업은 외로운 작은 톱
니다. 그는 서울 안국동 문화공간 '아리랑'에서 1930년대
노래를 부른다. 그 노래가 모두 이 음반에 담겼다. 최은
진의 이야기에서 이 앨범에 담긴 내적 의미를 알 수 있다.
인터넷에서 찾은 자료를 인용한다. "당시 살롱은 지식인
들이 모이던 곳이죠. 마르크스주의, 무정부주의 등 지금
보다 다양한 이념들이 공존했습니다. 경쟁을 부추기는 자
유만을 추구하는 지금보다 더 풍성한 시대이기도 해요."

†

여행중 하룻밤 유숙한 모텔의 텔레비전에는 수많은 채널이 있었다. 나는 리모컨을 들고 지속적으로 채널을 돌리다가 결국 교육방송의 '중3국어'에 고정시켰다. '강호동과 소녀시대로 대변되는 오늘날의 대중문화'에 과연 후손들에게 물려줄 향기가 있는가. 아픔의 시대를 산 우리 선조들은 오래전 조상이 아니다. 바로 우리 아버님 세대였다. 아버님들은 자신들의 아픔 속에서도 교훈을 주셨는데…… 그렇다. 우리가 이 앨범에서 볼 수 있는 것은 풍성함이다. 다방 '자연장'의 허허로운 보랏빛 연기 속에도 풍성함이 있었던 것이다. 박향림이 풍각쟁이 오빠를 지속적으로 비하하지만 그 속내가 사랑임을 우리는 알고 있지 않은가. 우리 음악이 변하는 징후가 감지된다. 우리 대중음악의 심지가 깊어지려나.

✝

이 앨범은 필자와는 30년 가까이 된 오랜 지기인 일본 출
신 기타리스트 하찌(가스가 하찌 히로부미, 春日博文)[1]
가 프로듀싱 했다. 군데군데 나타나는 깊은 음악성에 갈
채를 보낸다. 단순미 속에 음악적 창조력이 여기 저기 숨
어 있다. 편곡과 기악이 여러 면에서 심도 있게 나타난다.
하찌! 고맙네 그려.

✝

1) 하찌 ✝ 본명은 가스가 하찌 히로부미(春日博文, Kasuga Hachi Hirofumi). 1954년 도쿄 출
   생으로, 1974년 《칼멘 마키 앤 오즈(Carmen Maki & OZ)》로 데뷔했다. 꽹과리 소리에 매
   료되어 한국에 왔고, 1987년 경기도 평택에서 풍물을 배우기 시작했다. 이후 일본과 한국
   을 오가며 강산에, 이상은의 앨범을 비롯해 많은 음반을 프로듀싱 했다. 2006년 2인조 그룹
   '하찌와 TJ'로 1집 《행복》을, 2009년에는 2집 《별총총》을 냈고, 2011년에는 '하찌와 애리'
   로 《꽃들이 피웠네》를, 2013년에는 '하찌와 대수'로 디지털 싱글을 발표했다. 주로 한국에
   거주하며 일본에서도 공연하고 있다.

†

# 진정한 삶의 향기와 사랑의 복원

|

## 이동순
시인, 영남대 교수

†

옛 선인들은 세월이 강물처럼 흐른다고 하였다. 혹은 쏘아놓은 화살과 같다고도 하였다. 그만큼 빠른 속도를 뜻하는 말이었으리라. 이제는 불과 수년 전의 시간도 서둘러 아득한 과거로 규정하는 시절을 우리는 살아간다. 그렇다면 오십 년, 백 년 전의 시간은 어떠한가? 이미 자취를 찾을 길 없는 고전(古典)의 바다로 잠겨 들어간 것일까? 오늘날 우리네 삶이 당면한 가장 큰 문제점은 우리의 소중한 과거 문화 유산을 너무 쉽게, 그리고 너무 빨리 잊어 버린다는 점이다. 삶의 패러다임이 워낙 급격히 바뀌어 가기 때문에 지난 시간은 즉각 골동(骨董)의 선반으로 들어가 버린다.

†

그 골동이라 부르는 것들 가운데 바로 아름다운 옛 가요
가 있다. 무수한 대중들이 그들의 삶을 살아가며 가요와
더불어 희로애락을 함께하였다. 그런데 그 옛 가요들을
서둘러 낡은 기억의 창고로 가두어버리고 그 자리엔 현재
젊고 새로운 노래들만이 당당한 위세를 뽐내고 있는 것이
다. 하지만 요즘 노래의 뿌리가 모두 옛 가요에서 비롯되
었다는 중요한 사실을 우리는 잊고 있다. 그 옛 가요가 지
니고 있는 삶의 풋풋한 향기, 느긋한 사랑과 정신적 여유,
풍자와 해학, 그릇된 것에 대한 비판과 반성의 촉구, 상실
의 아픔과 피눈물 등등…… 이런 눈물겹고 사랑스러운 문
화유산은 다시 먼지를 털어 우리 삶의 중심에서 되살려가
야 한다. 왜냐하면 오늘의 우리 문화를 더욱 건강하고 튼
튼하게 만들어 가야 하기 때문이다.

†

그러한 회복의 남다른 노력을 줄기차게 펼쳐 온 분이 있으
니 그가 바로 최은진이다. 그는 1980년대 후반 전통 문화
판에서 이미 실감나는 연기와 노래를 선보였던 특별한 재
능을 지닌 분으로 세상에서 흔히 '아리랑 소리꾼'이라 불
리기도 한다. 그가 이번에 엮어 내는 13곡의 주옥 같은 옛
노래는 지난 시기 우리의 삶을 생생하게 되돌아볼 수 있
게 해주는 타임머신이다. 최은진이 다시 재현해 내는 옛
가요의 정겹고 살뜰한 맛을 누리며 삶의 행복을 다독거려
가시기를 권하는 바이다.

†

풍각쟁이 은진  01. 고향
eunjin, the pungakjangi

# 01. 고향

†

## 조명암 작사, 김해송 작곡, 이난영 노래
## 오케 31053, 1941년

아름다운 추억과 사연을 간직한 고향이 지금은 어떤 연유로 완전히 붕괴되고 옛 모습을 전혀 찾을 길 없다는 상실의 아픔을 담아낸 노래. 식민지적 배경을 은근히 암시하고 있다.

† 조명암(趙鳴岩, 1913~1993년) † 본명 조영출(趙靈出). 1934년 동아일보 신춘문예에 시로 등단했다. 작사가로 활동하면서는 이가실(李嘉實), 김다인(金茶人), 김운탄(金雲灘)이라는 예명을 썼다. 일제강점기 동안 박영호와 쌍벽을 이루며 〈꿈꾸는 백마강〉 〈목포는 항구다〉 〈화류춘몽〉 〈고향초〉 〈낙화유수〉 등의 히트곡을 남겼다. 1948년 월북. 남한에서는 1988년 월북 문인들이 해금된 후에야 작사자로 그 이름이 복원되었다.

† 김해송(金海松, 1911~1950년?) † 본명 김송규. 1930~40년대를 풍미했던 조선 대중 음악계의 천재 음악인. 노래와 작곡뿐 아니라 편곡, 지휘, 연주에 모두 능했다. 작곡가로서 〈연락선은 떠난다〉 〈오빠는 풍각쟁이〉 〈역마차〉 〈울어라 문풍지〉 〈화류춘몽〉 〈선창〉 〈울어라 은방울〉 등 다수의 히트곡을 남겼다. 해방 후 K.P.K. 악단을 조직해 당대 최고 가수들과 쇼 무대를 주름 잡았다. 한국 전쟁 발발 후 납북되어 남한에서는 오랫동안 그의 작품이 금지되거나 다른 이의 이름을 달고 나왔다.

† 이난영(李蘭影, 1916~1965년) † 본명 이옥례(李玉禮). 16세 되던 1932년, 태양극장의 막간 가수로 시작해 이듬해 오케레코드에서 〈향수〉 〈불사조〉를 취입하며 이름을 알렸다. 1934년 〈봄맞이〉로 인기를 얻었고, 1935년에는 〈목포의 눈물〉이 크게 히트하며 오케레코드의 간판스타로 활동했다. 대표곡으로 〈해조곡〉 〈다방의 푸른꿈〉 〈목포는 항구다〉 등이 있다. 1936년 김해송과 결혼, 그가 작곡한 노래를 부르며 전성기를 누렸다. 목포를 상징하는 가수로 1968년부터 그를 추모하는 '난영가요제'가 열리고 있다.

**머리에 꽃 이고 아리랑**
arirang, my love

# 고향

†

흘러간 고향길에서 즐겁게 놀던 그 옛날이여/ 고요한 달빛에 젖어 정답게 속삭이던 말/ 그대는 그 어데로 갔는가 다시 못 올 옛 꿈이었던가/ 흘러간 고향길에는 잔디만 푸르렀구나/ 랄~~랄~~랄~~라…… 랄~~랄~~랄~~라……

정들은 고향길에서 순정에 어린 그대와 나는/ 언제나 변치 말자고 손잡고 맹세했건만/ 그대는 그 어데로 갔는가 잊지 못할 추억만 남기고/ 정들은 고향길에는 별빛만 나를 비춘다

그리운 고향길에서 즐겁게 놀던 옛님을 찾아/ 잔잔한 저 바람 속에 그 이름 불러봤건만/ 그대는 그 어데로 갔는가 애처로운 미련만 남기고/ 그리운 고향길에는 달빛만 나를 부른다

**풍각쟁이 은진  02. 오빠는 풍각쟁이**
eunjin, the pungakjangi

# 02. 오빠는 풍각쟁이[1]

†

박영호 작사, 김송규 작곡, 박향림 노래
콜럼비아 40837, 1938년

여동생의 시각에서 바라본 오빠에 대한 사랑을 담고 있
다. 식민지 시대의 식생활 문화와 가족애, 삶의 풍속을 코
믹하고도 흥미롭게 반영한 만요 스타일의 노래.

---

1) 풍각쟁이 † 악기를 들고 돌아다니며 구걸하는 사람. 화가를 환쟁이라고 부르듯 음악가를
낮추어 부르는 말.

† 박영호(朴英鎬, 1911~1952년?) † 희곡 작가로 등단했고, 일제 강점기에 활동한 최고의 작
사가로 평가받는다. 필명은 처녀림(處女林). 태평레코드와 시에론레코드에서 문예부장을 지
냈다. 〈짝사랑〉 〈물방아 사랑〉 〈망향초 사랑〉 〈연락선은 떠난다〉 〈울어라 문풍지〉 〈번지 없
는 주막〉 등 많은 히트곡을 작곡했다. 1946년 월북. 남한에서는 1988년 월북 문인들이 해금
된 후에 작사자로 그 이름이 복원되었다.

† 박향림(朴響林, 1921~1946년) † 본명 박억별. 1937년 가을에 태평레고프에서 박정림(朴貞
林)이란 이름으로 데뷔했고, 콜럼비아레코드로 이적해 그때부터 박향림이란 예명으로 활동
했다. 풍부한 성량과 기교 넘치는 비음으로 만요(漫謠)와 블루스풍 노래를 부르며 일제강점
기에 전성기를 누렸다. 광복 후 악극단 무대에 서며 전국을 다녔는데, 출산 후 회복이 덜 된
몸으로 공연을 하다 병을 얻어 스물다섯의 나이에 세상을 떴다.

# 오빠는 풍각쟁이

†

오빠는 풍각쟁이야이 뭐/ 오빠는 심술쟁이야 뭐/ 난 몰라
이 난 몰라이/ 내 반찬 다 뺏어 먹는 건 난 몰라/ 불고기
떡볶이는 혼자만 먹구/ 오이지 콩나물만 나한테 주구/ 오
빠는 욕심쟁이/ 오빠는 심술쟁이/ 오빠는 깍쟁이야

오빠는 트집쟁이야 뭐/ 오빠는 심술쟁이야 뭐/ 난 싫여이
난 싫여이/ 내 편지 남몰래 보는 건 난 싫여이/ 명치좌[2]
구경갈 때 혼자만 가구/ 심부름 시킬 때면 엄벙뗑[3] 하구/
오빠는 핑계쟁이/ 오빠는 안달쟁이/ 오빠는 트집쟁이야

오빠는 주정뱅이야 뭐/ 오빠는 모주꾼[4]이야 뭐/ 난 몰라
이 난 몰라이/ 밤늦게 술취해 오는 건 난 몰라/ 날마다 회
사에선 지각만 하구/ 월급만 안 오른다구 짜증만 내구/
오빠는 짜증쟁이/ 오빠는 모주쟁이/ 오빠는 대포쟁이야

2) **명치좌** † 메이지자(明治座). 1936년에 지어진 명동 국립극장의 설립 당시 이름. 국립극장이
   남산으로 옮겨가기 전인 1960년대까지 문화 예술인들의 명소였다.
3) **엄벙뗑** † '얼렁뚱땅'이라는 뜻.
4) **모주꾼** † 술을 대중없이 많이 마시는 사람.≒모주망태.

풍각쟁이 은진  03. 신접살이 풍경
eunjin, the pungakjangi

## 03. 신접살이 풍경

✝

고마부 작사, 유일 작곡, 미스리갈 노래

리갈 C-429, 1938년

1930년대의 신혼부부는 어떤 삶을 살았을까? 우리는 이 노래를 통해 그 답을 들을 수 있다. 삶의 원형은 항상 불변이지만 스타일은 이처럼 많은 변화를 거쳐온 것이다.

# 신접살이 풍경

†

오늘은 일찍 오마 약속하시고/ 자정이 지나 한 시 반인데
왜 인제 오서요/ 내일도 그렇게 늦게 오시면/ 싫어요~,
네?/ 꼭 일찍와요, 네?~/ 얼른 오~세요, 네?

회사에 취직할 때 월급을 타면/ 핸드백하고 파라솔하고
사주마 했지요/ 고~리다가도 안 사주시면/ 몰라요~,
네?/ 꼭 사주세요, 네?~/ 사다주~세요, 네?

가을에 황국 단풍 곱게 물들면/ 석왕사 들러 금강산 구경
가자고 했지요/ 거짓말 하고서 안 가신다면/ 안 돼요~,
네?/ 꼭 가주세요, 네?~/ 같이 가~세요, 네?

풍각쟁이 은진 04. 님 전 상서
eunjin, the pungakjangi

# 04. 님 전 상서

†

## 조명암 작사, 박시춘 작곡, 이난영 노래
### 오케 12164, 1938년

1930년대식 러브레터의 모델이 가사 전체를 통해 실감나게 나타나고 있다. 이미 남성의 마음은 변심해서 떠나간 상태이고, 홀로 남은 여성의 서글픈 애원이 쓸쓸하게 느껴진다.

---

† 박시춘(朴是春, 1913~1996년) † 부친이 기생 양성소를 운영한 까닭에 어려서부터 음악과 가까웠고, 유랑 극단에서 악기를 연주하다가 시에론레코드를 통해 작곡가로 데뷔했다. 대표 곡인 〈애수의 소야곡〉 외에도 〈가거라 삼팔선〉〈비 내리는 고모령〉〈신라의 달밤〉〈낭낭 18세〉〈굳세어라 금순아〉〈이별의 부산정거장〉〈럭키 서울〉 등 근대 격동기의 수많은 히트곡이 그의 손에서 탄생했다. 3천여 곡에 달하는 작품을 남겨 '근대 한국 대중가요의 초석이자 근간'으로 평가받는 한편, 태평양 전쟁 시기에는 〈혈서 지원〉〈아들의 혈서〉 등의 군국 가요도 발표했다. 한국전쟁에 참전해 〈전우여 잘 자라〉를 작곡했고, 1950년대에는 〈딸 칠형제〉 등의 영화음악을 발표했다.

# 님 전 상서

†

안녕하십니까요, 네, 염려하여주시므로 전 잘 있습니다/ 그런데 여보 여보 어쩌면 대답 한 장 없이/ 고렇게 고렇게 모른 척하십니까요?/ 전 정말 답답하고 궁금합니다/ 내~ 가, 가~ 회답해주세요, 네?

기업하십니까요, 네, 작년 여름 바다에서 속삭이던 그말씀/ 하지만 여보 여보/ 세상에 당신이 없다면 얼마나 얼마나 쓸쓸하겠습니까요/ 전 정말 안타까워 못 살겠어요/ 내~가, 가~ 편지해 주세요, 네?

풍각쟁이 은진 05. 화류춘몽
eunjin, the pungakjangi

## 05. 화류춘몽

†

조명암 작사, 김해송 작곡, 이화자 노래

오케 20024, 1940년

이른바 노류장화(路柳墻花), 즉 아무나 쉽게 꺾을 수 있는 길가의 버들과 담 밑의 꽃이라는 말로 불리는 기생의 처연하고도 고통스러운 삶을 다룬 애달픈 노래.

† 이화자(李花子, 1918년?~1950년?) † 인천 권번 소속 기생으로 1936년 뉴코리아레코드에서 신민요 〈새봄맞이〉로 데뷔했다. 이후 폴리돌레코드를 거쳐 1938년부터 오케레코드 전속 가수로 활동하면서 1930년대 말 '신민요의 여왕'으로 전성기를 누렸다. 한 많고 애달픈 목소리가 특징으로, 〈어머님 전 상백〉〈화류춘몽〉 등의 한탄조 노래도 큰 호응을 얻었으며 일제 말기에는 〈결사대의 아내〉 등의 군국 가요도 발표했다. 아편중독으로 1950년대 무렵 사망했으리라 추정한다.

**머리에 꽃 이고 아리랑**
arirang, my love

# 화류춘몽

### †

꽃다운 이팔 소년 울려도 보았으며/ 철없는 첫사랑에 울기도 했더란다/ 연지와 분을 발라 다듬는 얼굴 위에/ 청춘이 바스러진 낙화 신세/ 마음마저 기생이란 이름이 원수다

점잖은 사람한테 귀염도 받았으며/ 나 젊은 사람한테 사랑도 했더란다/ 밤늦은 인력거에 취하는 몸을 실어/ 손수건 적신 연이 몇 번인고/ 이름조차 기생이면 마음도 그러냐

빛나는 금강석을 탐내도 보았으며/ 겁나는 세력 앞에 아양도 떨었단다/ 호강도 시들하고 사랑도 시들해진/ 한 떨기 짓밟히운 낙화 신세/ 마음마저 썩는 것이 기생의 도리냐

## 06. 다방의 푸른 꿈

†

조명암 작사, 김해송 작곡, 이난영 노래

오케 12282, 1939년

김해송이 아내 이난영을 위해 만든 블루스 선율의 작품이다. 그녀는 검은 드레스를 입고 무대에 등장해 약간 엉기는 듯한 콧소리의 성음과 애조 띤 창법으로 관객을 뜨겁게 매료시켰다.

# 다방의 푸른 꿈

†

내뿜는 담배 연기 끝에/ 희미한 옛 추억이 풀린다/ 조용한
다방에서 뮤직을 들으며/ 가만히 부른다/ 흘러간 옛 님을
부르누나 부르누나/ 사라진 꿈은 찾을 길 없어/ 연기를 따
라 헤매는 마음/ 사랑은 가고 추억은 남아/ 블루스에 나는
운다/ 내뿜은 담배 연기 끝에/ 희미한 옛 추억이 풀린다

새빨간 장미 향기 끝에/ 흘러간 옛 노래가 그립다/ 고요한
찻집에서 울리는 멜로디/ 가만히 듣는다/ 그 님의 숨결을
들리누나 들리누나/ 흘러간 행복 잡을 길 없어/ 불빛을 따
라 잠기는 마음/ 청춘은 가고 상처만 남아/ 블루스에 나는
운다/ 새빨간 장미 향기 끝에/ 흘러간 옛 노래가 그립다

# 07. 엉터리 대학생

†

## 김다인 작사, 김송규 작곡, 김장미 노래
### 콜럼비아 40848, 1939년

주권 상실의 식민지를 배경으로, 대중문화 매체를 통해
청년기 세대의 분발과 각성을 촉구하는 가요 작품. 나태
와 방종에 빠진 식민지 청년에 대한 비판과 풍자를 담고
있다.

---

† p.58의 주석들

1) 다마쯔끼 † 당구를 뜻하는 일본어.

2) 혼부라 † 1920～30년대 일본 긴자 일대를 어슬렁거리며 시간을 보내던 모던 보이, 모던
   걸들을 두고 긴자(銀座)와 어슬렁거린다는 뜻의 부라부라(ぶらぶら)를 합쳐 긴부라(銀ぶ
   ら)라고 불렀다. 혼부라(本ぶら)는 그 모방으로, 경성의 혼마치(本町, 지금의 충무로 일대)
   에 백화점이 들어서면서 이 일대 번화가를 배회하던 경성의 모던 보이, 모던 걸들을 이르
   던 말이나.

3) 고히 † 커피(coffee)의 일본식 표현.

4) 포드랍푸 † 포틀랩(portlap)의 일본식 표현. 단맛이 나는 포도주(포트와인)에 뜨거운 물
   과 설탕을 넣음 음료.

**머리에 꽃 이고 아리랑**
arirang, my love

# 엉터리 대학생

†

우리 옆집 대학생 호떡 주사 대학생은/ 십 년이 넘어도 졸업장은 캄캄해/ 아서라 이 사람아 참말 딱하군/ 밤마다 잠꼬대가 걸작이지요/ 연애냐 졸업장이냐 연애냐 졸업장이냐/ 아서라 이 사람아 정신 좀 차려라 응

우리 옆집 대학생 향수 장사 대학생은/ 공부는 다섯꿋 다마쯔끼[1]는 오백꿋/ 아서라 이 사람아 참말 섭섭해/ 밤마다 잠꼬대가 걸작이지요/ 공부냐 다마쯔끼냐 공부냐 다마쯔끼냐/ 아서라 이 사람아 정신 좀 차려라 응

우리 옆집 대학생 붕어 새끼 대학생은/ 학교는 못 가도 혼부라[2]는 한몫 봐/ 아서라 이 사람아 참말 기막혀/ 밤마다 잠꼬대가 걸작이지요/ 홍차냐 소다수이냐 고히[3]냐 포드랍푸[4]냐/ 아서라 이 사람아 지각 좀 들어라 응

풍각쟁이 은진  08. 연락선은 떠난다
eunjin, the pungakjangi

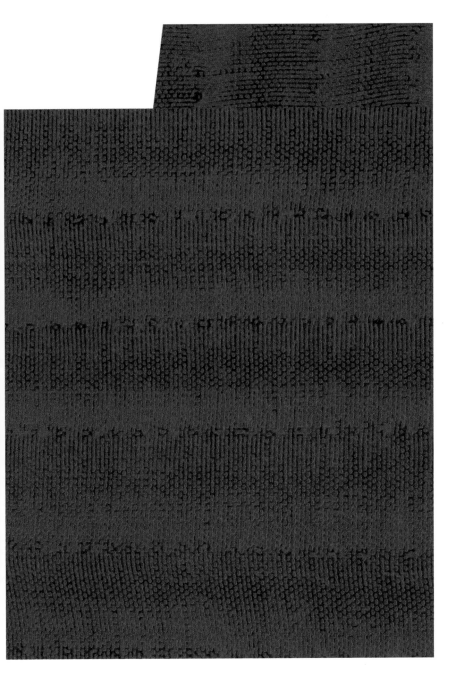

# 08. 연락선은 떠난다

†

박영호 작사, 김송규 작곡, 장세정 노래

오케 1959, 1937년

얼마나 많은 이 땅의 사람들이 일제의 강압으로 정처 없이 떠나갔던 것인가? 지원병, 징용, 정신대란 이름으로 떠나간 사람들. 이 노래는 당시의 아픈 사연을 절절히 담고 있다.

---

† 장세정(張世貞, 1921~2003년) † 1936년에 평양방송국 개국 기념 가요 콩쿠르에서 1등을 차지하면서 오케레코드 사장 이철이 가수로 발탁했다. 1937년 초 〈연락선은 떠난다〉로 화려하게 데뷔했고 1940년대에 이난영과 쌍벽을 이루며 많은 히트곡을 남겼다. 대표곡으로는 〈만약에 백만 원이 생긴다면〉 〈아시나요〉 〈처녀야곡〉 〈불망의 글자〉 〈항구의 무명초〉 〈역마차〉 〈울어라 은방울〉 등이 있다. 한국전쟁 발발 후 평소 함께 작업하던 작사가 조명암과 박영호가 월북하고 작곡가 김해송도 납북되면서 활동이 크게 위축되었다.

**머리에 꽃 이고 아리랑**
arirang, my love

# 연락선은 떠난다

†

쌍고동 울어울어 연락선은 떠난다/ 잘 가소 잘 있소 눈물
젖은 손수건/ 진정코 당신만을 진정코 당신만을/ 사랑하
는 까닭에 눈물을 생키면서/ 떠나갑니다 (아이 울지 마셔
요)/ 울지를 말어요

파도는 출렁출렁 연락선은 떠난다/ 정든 님 껴안고 목을
놓아 웁니다/ 오로지 그대만을 오로지 그대만을/ 사랑하
는 까닭에 한숨을 생키면서/ 떠나갑니다 (아이 울지 마셔
요)/ 울지를 말아요

바람은 살랑살랑 연락선은 떠난다/ 뱃머리 부딪는 안타
까운 조각달/ 언제나 임자만을 언제나 임자만을/ 사랑하
는 까닭에 끝없이 지향없이/ 떠나갑니다 (아이 울지 마셔
요)/ 울지를 말아요

풍각쟁이 은진  08. 연락선은 떠난다
eunjin, the pungakjangi

**풍각쟁이 은진** 09. **아리랑 낭낭**
eunjin, the pungakjangi

# 09. 아리랑 낭낭

†

처녀림 작사, 김교성 작곡, 백난아 노래

태평레코드 3014, 1940년


나라의 주권을 제국주의자들에게 빼앗기고 갖은 약탈과
시련에 고통받고 있던 일제 말 이런 가요곡이 발표되었다
는 사실은 진정 하나의 사건이었다 할 것이다. 전통 민요
'아리랑' 가락에 의탁하여 한국인들이 지닌 삶의 여유와
낙천성을 잘 담아낸 노래다.


† 김교성(金敎聲, 1904~1961년) † 1932년에 빅타레코드에서 강석연이 부른 〈영객〉으로 작
곡가의 길에 들어섰고, 이애리수의 〈처녀 행진곡〉, 강홍식의 〈삼수갑산〉, 선우일선의 〈능수
버들〉 등을 통해 인기를 얻었다. 최고의 히트작은 일제강점기 말기에 백난아가 부른 〈찔레
꽃〉. 태평양 전쟁 종전 후에도 〈울고 넘는 박달재〉〈자명고 사랑〉 등을 발표하며 1950년대
까지 활발히 활동했다.

† 백난아(白蘭兒, 1927~1992년) † 본명 오금숙(吳金淑). 1940년 태평레코드가 주최한 콩쿠
르에서 입상하면서 우리나라 최연소 가수로 데뷔, 태평레코드의 전속이 된다. 같은 해, 선
배 가수 백년설이 '백난아'라는 예명을 지어주었고, 〈오동동 극단〉과 〈갈매기 쌍쌍〉으로 데
뷔한다. 해방 전 태평레코드에서 많은 곡을 발표했는데, 〈아리랑 낭낭〉이나, 광복과 한국전
쟁 등을 거지내 가요로 불린 〈찔레꽃〉도 이 시실 즉즐이나. 1949년에 턱키레코느도 이
적, 〈금박댕기〉〈낭낭 18세〉 등을 발표했고, 1960년대까지도 많은 신곡을 취입하며 공연 무
대에 섰다. 2007년 고향 제주에 찔레꽃 노래비 공원이 조성되었고, 2009년 제1회 백난아 가
요제가 열렸다.

# 아리랑 낭낭

†

봄이 오는 아리랑 고개/ 제비 오는 아리랑 고개/ 가는 님
은 밉상이요 오는 님은 곱상이라네/ 아리 아리랑 아리랑
고개는/ 님 오는 고개 넘어 넘어도 우리 님만은/ 안 넘어요

달이 뜨는 아리랑 고개/ 꽃도 뜯는 아리랑 고개/ 우는 님
은 건달이요 웃는 님은 도련님이지/ 아리 아리랑 아리랑
고개는/ 도련님 고개 울어 울어도 우리 님만은/ 안 울어요

경사났소 아리랑 고개/ 입춘대길 아리랑 고개/ 쪽도리에
나삼 소매 시집가는 아리랑 고개/ 아리 아리랑 아리랑 고
개는/ 쪽도리 고개 어찌 어찌도 좋았던지요/ 쪼끔 울었소

풍각쟁이 은진  10. 구십춘광
eunjin, the pungakjangi

# 10. 구십춘광

†

이가실 작사, 이운정 작곡, 옥잠화 노래
콜럼비아 40897, 1942년

구십춘광(九十春光)이란 '봄의 석 달 동안'이란 뜻이다.
흐르는 강물에 배를 띄우고 한창 무르익은 고토(故土)의
봄을 즐기는 소녀의 감성이 실감나게 담겨 있다.

† 이운정(李雲亭, 1908~1989년) † 본명 이면상(李冕相). 북한 작곡가로 일제강점기부터 대중
음악 작곡가로 활동했다. 초기에는 서정적인 민요풍의 노래를 작곡했으나 중일전쟁이 발발
하면서 〈종군간호부의 노래〉〈정의의 사여〉〈총후의남(銃後義男)〉 등의 군국 가요를 발표했
다. 태평양전쟁이 끝나고 고향인 함흥에서 활동하며 북한의 대표적인 음악가로 자리잡았다.

**머리에 꽃 이고 아리랑**
arirang, my love

# 구십춘광

†

도화강변 배를 띄워 흘러를 갈 때/ 끝없이 들리는 갈대피리 그 소리/ 듣고 나면 열아홉의 웃음 품은 아가씨/ 가슴에 꽃이 핀다 구비구비 구십 리

시들었던 꽃가지가 다시 푸르러/ 청제비 춤추던 그 시절이 몇 핸고/ 물어보면 구름 속에 반짝이는 저 별빛/ 물결에 아롱진다 구비구비 구십 리

흘러가는 뱃머리에 달빛을 싣고/ 노래를 부를까 옷소매를 적실까/ 물에 띄운 고향 하늘 어머님이 그리워/ 뱃전에 편지 쓴다 구비구비 구십 리

풍각쟁이 은진  11. 아리랑 그리운 나라
eunjin, the pungakjangi

## 11. 아리랑 그리운 나라(원제—가벼운 인조견을)

†

을파소 작사, 정진규 작곡, 유선원 노래

콜럼비아 40790, 1937년

권번에 소속된 기생의 눈으로 바라본 1930년대 한강 주변의 맑고 깨끗한 봄 풍경이 눈물겹게 그려진 신민요. 가사에서 '그리운 나라로'란 대목의 은유와 상징성이 돋보인다.

† 을파소(乙巴素, 1914~1944년) † 본명 김종한(金鍾漢), 을파소는 호이다. 31세로 요절한 시인으노, 1939년 스능민 성지봉의 추전으로 『문장』에 시를 실으며 등단했다. 짧은 기간 동안 활동했지만 집중적으로 활동한 시기가 태평양전쟁과 맞물리면서 친일 시가 많이 남아 있다. 일제 말기의 친일 시들이 대개 선동에 치중해 격이 떨어지는 반면, 김종한의 시는 품격과 예술성을 갖추었다는 평가도 있다.

**머리에 꽃 이고 아리랑**
arirang, my love

## 아리랑 그리운 나라(원제 — **가벼운 인조견을**)

†

가벼운 인조견을 살짝 몸에 감고서/ 오늘도 나와 보니 노
들강변 백사장/ 바람아 소리솔솔 치마 펄 날아/ 열여덟 이
마음을 너도 마저 아느냐/ 아리랑 아리랑 아라리요~ 그
리운 나라로 찾어를 가네

늘어져 하늘하늘 수양버들 가지에/ 제비도 쌍을 지어 날
아들지 않는가/ 할 말도 채 못하고 이 가슴만 떨려서/ 두
고 온 눈물 속에 가는 님을 보내네/ 아리랑 아리랑 아라리
요~ 그리운 나라로 찾어를 가네

노 젓는 나룻배는 꿈을 싣고 가는데/ 어데서 들려오는 흥
에 겨운 봄 노래/ 청춘도 물결이라 가기 전에 이 봄을/ 열
여덟 수줍은 때 까닭 모를 눈물만/ 아리랑 아리랑 아라리
요~ 그리운 나라로 찾어를 가네

풍각쟁이 은진 12. 활동사진 강짜

eunjin, the pungakjangi

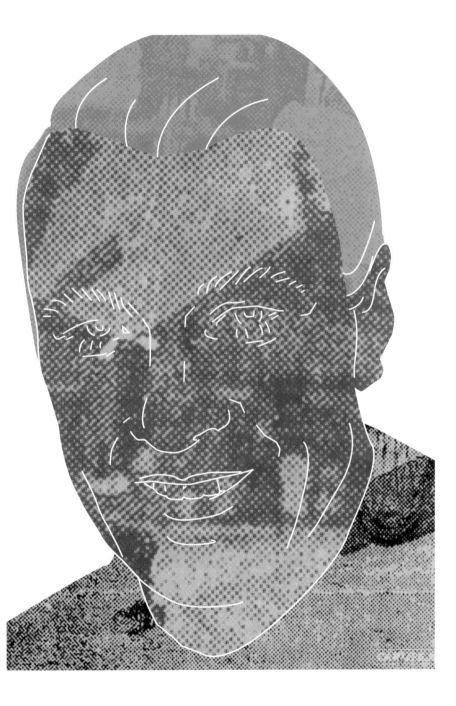

## 12. 활동사진 강짜

†

김다인 작사, 김송규 작곡, 김해송·남일연 노래

콜럼비아 40824, 1938년

1930년대의 인기 무성영화에 대한 서민들의 관심과 애착
이 반영되어 있다. 영화배우들의 사진을 본다고 질투심
을 표현하는 남편에게 하소연하는 아내의 화법으로 전개
되는 만요풍의 가요곡이다. 게리 쿠퍼, 그레타 가르보 등
의 할리우드 배우들 이름과 〈춘희〉〈모로코〉 등의 영화 제
목까지 노래 가사에 등장하고 있는 점이 자못 흥미롭다.

---

† 남일연(南一燕, 1919년?~?년) † 본명 박복순. 1937년에 울금향이란 예명으로 태평레코드
에 〈눈물의 경부선〉〈홍등은 탄식한다〉를 취입하고, 이듬해 콜럼비아레코드로 이적해 그 때
부터는 남일연이라는 예명으로 활동했다. 비음과 꺾는 목이 특징이며, 대표작으로는 〈사랑
에 속고 돈에 울고〉〈눈물의 경부선〉〈벙어리 냉가슴〉 등이 있다. 박향림, 신회춘과 3중창으
로 〈타인의 여인숙〉〈바람은 열 폭 치마〉를 발표하기도 했다.

**머리에 꽃 이고 아리랑**
arirang, my love

# 활동사진 강짜

〔삽입곡 — 우주의 한구석에(작사 · 작곡 : 하찌)〕

✝

(남+여) 만나다가 헤어지다가 어디서 우주의 한 구석에
꽃 피우고 나비 날아다니는 그런 낙원의 이야기/ 우~/
(여) 버선목이라도 뒤집어 보이리까/ 내가 무얼 어쨌다고
트집입니까/ 모로코[1] 사진 보다 우섭기로니/ 케리쿠퍼[2]
한테 반했다니 억울합니다/ (후렴) 아 이런 도무지 코 틀
어막고 답답할 노릇이 또 어데 있담


(남) 호주머니라도 털어서 보이리까/ 나는 무얼 어쨌다고
바가지 긁소/ 쓰바키 히메[3] 보다 우섭기로니/ 그레타갈보[4]
한테 녹았다니 억울합니다/ (후렴)


(남+여) 만나다가 헤어지다가 어디서 우주의 한 구석에
호랑이가 담배 피우던 그런 시절의 이야기/ 우~ / (여)
피차에 똑같소 전수가 있었구려/ (남) 극장에 발 끊으란
그런 말이니/ (여) 그리고 말썽 많던 서양 사진도/ (남) 구
경할 수 없이 되었다니/ (남+여) 안성마침이오/ (후렴)

1) 모로코 † 1930년에 개봉한 마를레네 디트리히, 게리 쿠퍼 주연의 멜로 영화.

2) 케리쿠퍼 † 게리 쿠퍼(Gary Cooper, 1901~1961년). 초창기 할리우드 영화계에서 30년 넘게 최정상을 유지했던 남자 배우. 대표작으로 〈무기여 잘 있거라〉 〈누구를 위하여 종은 울리나〉 〈요크 상사〉 〈하이 눈〉 등이 있다.

3) 쓰바키 히메 † 1936년에 개봉한 그레타 가르보, 로버트 테일러 주연의 영화 〈춘희(椿姬, Camille)〉. 원작인 뒤마의 소설 『La Dame aux Camélias(동백꽃을 든 부인)』를 일본에서는 '즈바키 히메(椿姬, 동백 아가씨)'로 번역했고, 한국에서는 한자음을 따라 '춘희'라 불렀다.

4) 그레타갈보 † 그레타 가르보(Greta Garbo, 1905~1990년). 1930년대 할리우드에서 여신의 아이콘으로 독보적인 인기를 누렸던 스웨덴 출신의 여배우. 대표작으로 〈육체와 악마〉 〈안나 크리스티〉 〈마타하리〉 〈그랜드 호텔〉 등이 있다.

풍각쟁이 은진 12. 활동사진 강짜
eunjin, the pungakjangi

# 13. 이태리의 정원

†

## 이하윤 작사, 에르윈 작곡, 최승희 노래
## 콜럼비아 40704, 1936년

전설적인 무용가 최승희(崔承喜)가 가수로도 활동한 사
실을 아는 사람은 많지 않다. 이태리풍의 멋진 정원에서
사랑하는 님을 기다리는 내용의 이 곡은 재즈송으로 표시
되어 있다.

† 이하윤(異河潤, 1906~1974년) † 시인, 영문학자. 일본 호세이 대학 유학중 해외문학파에 가
담. 1926년 시대일보에 「잃어버린 무덤」을 발표하며 등단. 귀국 후에는 중외일보, 동아일보
기자를 지냈다. 1930년부터 김영랑, 정지용 등과 함께 『시문학』 동인으로 활동했고, 일제 강
점기 말에는 대중가요와 더불어 군국 가요도 작사했다. 동국대와 서울대 교수를 지냈고, 시
집으로 『물레방아』 『실향의 화원』 『불란서 시선집』 『영국 애란 시선』 등이 있다.
† 에르윈(R. Erwin, ?~?년) † 〈이태리의 정원〉 원곡인 〈A Garden in Italy〉의 작곡가. 원곡
은 빠른 템포의 탱고곡이다.
† 최승희(崔承喜, 1911~1967년) † 우리 나라에 신무용을 최초로 선보인 이시이 바쿠(石井漠,
1887~1962년)에게 사사받고, 1929년 서울에 '최승희 무용 연구소'를 차리면서 승무·칼
춤·부채춤·가면춤 등을 통해 우리 춤의 근대화에 크게 기여했다. 1936년 영화 〈반도(半島)
의 무희〉에 출연했고, 같은 해 콜럼비아레코드에서 음반도 취입했다. 이 음반에는 〈이태리의
정원〉과 함께 그녀가 직접 작사·작곡한 〈향수의 무희〉도 들어 있다. 1937년부터는 미국, 유
럽 및 중남미 등 해외 공연을 통해 '동양의 진주'로 극찬받으며 세계적인 무용가로 활동했다.
안막선생 발발 후 친일파로 불리면서 1946년 분인이었던 남편 안막과 월북. 김일성은 그를
특별 대우했고, 활발히 활동하며 공훈 배우나 인민 배우의 칭호를 받지만 1958년 남편이 숙
청당하면서 행적이 끊겼다. 최승희 역시 1960대 후반 숙청당한 것으로 추정되며, 2003년에
사후 복권되어 애국열사릉으로 이장되었다.

**머리에 꽃 이고 아리랑**
arirang, my love

# 이태리의 정원

†

맑은 하늘에 새가 울면/ 사랑의 노래 부르면서/ 산 넘고
물을 건너/ 님 오길 기다리는/ 이태리 정원/ 어서 와 주
셔요

저녁 종소리 들려오면/ 세레나데를 부르면서/ 사랑을 속
삭이며/ 님 오길 기다리는/ 이태리 정원/ 어서 와 주셔요

라 라라 라~라/ 라 라라 라~라/ 라 라라 라

풍각쟁이 은진 † 최은진이 새로 부른 근대 가요 13곡

Eunjin, the Pungakjangi

† 13 **Korean modern songs, newly sung by Choi Eunjin**

## 세션 및 프로듀서

| † 보컬<br>Vocal | † 프로듀싱 & 연주<br>Producing &<br>Instruments | † 클라리넷<br>Clarinet |
|---|---|---|
|  |  |  |
| 최은진<br>Choi Eunjin | 가스가 하쩨 히로부미<br>春日博文<br>Kasuga Hachi Hi-<br>rofumi | 안톤 보고몰로브<br>Anton Bogomolov |
| | All Tracks+<br>Arrangement &<br>Duet(Track 12)<br>+Chorus(Track 01) | |
| All Tracks | | Track 03, 06, 10 |

머리에 꽃 이고 아리랑
arirang, my love

† 아코디언
Accodion

미미
Mimi

Track 02, 03, 04, 07

† 아코디언
Accodion

알렉산더 쉐이킨
Alexander Sheykin

Track 08, 09, 10, 13

† 바이올린
Violin

최성은
Choi Seongeun

Track 01, 07, 08 12

풍각쟁이 은진 : 세션 및 프로듀서
eunjin, the pungakjangi

풍각쟁이 은진
† 최은진이 새로 부른 근대 가요 13곡
Eunjin, the Pungakjangi
† 13 Korean modern songs, newly sung by Choi
Eunjin

자료로 보는 근대 가요 13곡
† 자료 제공
† 이준희(옛 가요 사랑 모임 '유정천리' 총무)

01
고향

이난영

조명암 작사
김해송 작곡
이난영 노래

오케 31053
1941년

| 02 | 03 | 04 |
|---|---|---|
| 오빠는 풍각쟁이 | 신접살이 풍경 | 님 전 상서 |

| | | |
|---|---|---|
| 박영호 작사 | 고마부 작사 | 조명암 작사 |
| 김송규 작곡 | 유일 작곡 | 박시춘 작곡 |
| 박향림 노래 | 미스리갈 노래 | 이난영 노래 |
| 콜럼비아 40837 | 리갈 C-429 | 오케 12164 |
| 1938년 | 1938년 | 1938년 |

| 05 | 06 | 07 |
|---|---|---|
| 화류춘몽 | 다방의 푸른 꿈 | 엉터리 대학생 |

| 조명암 작사 | 조명암 작사 | 김다인 작사 |
|---|---|---|
| 김해송 작곡 | 김해송 작곡 | 김송규 작곡 |
| 이화자 노래 | 이난영 노래 | 김장미 노래 |
| | | |
| 오케 20024 | 오케 12282 | 콜럼비아 40848 |
| 1940년 | 1939년 | 1939년 |

| 08 | 09 | 10 |
|---|---|---|
| 연락선은 떠난다 | 아리랑 낭낭 | 구십춘광 |
|  |  |  |
| 박영호 작사<br>김송규 작곡<br>장세정 노래 | 처녀림 작사<br>김교성 작곡<br>백난아 노래 | 이가실 작사<br>이운정 작곡<br>옥잠화 노래 |
| 오케 1959<br>1937년 | 태평레코드 3014<br>1940년 | 콜럼비아 40897<br>1942년 |

| 11 | 12 | 13 |
|---|---|---|
| 아리랑 그리운 나라<br>(원제―<br>가벼운 인조견을) | 활동사진 강짜 | 이태리의 정원 |
|  | <br> |  |
| 을파소 작사<br>정진규 작곡<br>유선원 노래 | 김다인 작사<br>김송규 작곡<br>김해송 · 남일연 노래 | 이하윤 작사<br>에르윈 작곡<br>최승희 노래 |
| **콜럼비아** 40790<br>1937년 | **콜럼비아** 40824<br>1938년 | **콜럼비아** 40704<br>1936년 |

풍각쟁이 은진 † 최은진이 새로 부른 근대 가요 13곡

**Eunjin, the Pungakjangi**

**† 13 Korean modern songs, newly sung by Choi Eunjin**

† 보컬 Vocal † **최은진** Choi Eunjin

† 프로듀싱 & 연주 Produce & All Instruments † **가스가 하찌 히로부미**(春日博 文) Kasuga Hachi Hirofumi

† 아코디언 Accodion † **미미** Mimi, **알렉산더 쉐이킨** Alexander Sheykin

† 클라리넷 Clarinet † **안톤 보고몰로브** Anton Bogomolov

† 녹음 & 믹싱 Recording & Mixing † **하찌** Hachi

† 마스터링 Mastering † **전훈** Jeon Hoon (Sonic Korea)


사진 Photography † **변종모** Byeon Jongmo

일러스트레이션 Illustration † **이숙기** Lee Sookkie

편집 & 디자인 Editorial & Design † **수류산방** 樹流山房 **suryusanbang**

〔2014년 7월 현재 **수류산방** │ 프로듀서 **박상일** │ 편집장 **심세중** │ 크리에이티브 디렉터 **朴宰成** │ 이사 **김범수 박승희 최문석** │ 디자인·연구팀 **김회근 김영진** │ 객원 **변우석** │ 편집팀 **조정화**〕

207
풍각쟁이 은진
eunjin, the pungakjangi

**최은진** † 여섯 살 때 아버지의 손에 이끌려 서커스 공연을 보고 온 뒤 그 장면들이 떠올라 일주일 동안 잠을 못 잤던 기억이 생생하다. 결국 기계체조를 배웠고 가수와 배우를 겸한 뮤지컬 배우를 꿈꿨으나 운명의 신은 그 시절에 함께하지 못한 듯싶다. 한때는 목사가 되길 기도했고 아이를 낳은 후에야 정체성을 알아차려버렸다. 〈산씻김〉〈오구〉 등 여러 편의 연극과 단편영화에 출연했고 환경에 관심이 많아 쓰레기 퍼포먼스를 감행한 적이 있다. 아무도 모르게 나갔던 〈슈퍼보이스 탤런트 선발대회〉에서 상을 받은 뒤 재즈가 하고 싶어 뉴욕에 가려 했으나 아리랑의 선율이 가슴으로 들어와 뒷덜미를 잡은 것을 운명으로 알게 되었다. 2003년 나운규 100주년 기념 음반 〈다시 찾은 아리랑〉을 발표한 뒤 안국동에 '아리랑'이라는 문화 살롱을 열었고 지금껏 지킴이로 있다. 홍상수 감독의 영화 〈우리 선희〉에 나왔던 그 '아리랑'이 바로 이 '아리랑'이다. 1930년대 음악에 매력을 느껴 2010년도에 〈풍각쟁이 은진〉이란 음반을 내고 많은 인정과 사랑을 받았다. 2018년 뉴트로를 전위적으로 재해석한 세번째 앨범 〈헌법재판소〉를 발표했다. '아리랑'이라는 공간에 혼자 찾아온 손님들이 시작하는 이야기들, 그 마음을 오랜 세월 지켜보면서 몸에 배어든 활자들이 노래가 되었다.

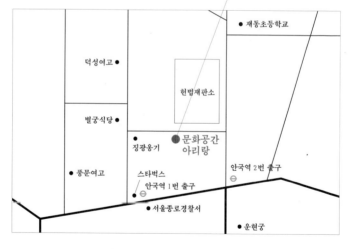

**머리에 꽃 이고 아리랑**
arirang, my love